ねむりおちるつぶ

nemuriochirutsubu

Sasamoto Kabo

佐々本果歩詩集

ふらんす堂

ねむりおちるつぶ　＊　もくじ

ねむりおちるつぶ

マリマミキシタ

小さい田舎まちに、マリマミキシタという幼い女の子がいました。学校に行っていれば、小学校に今年あがるくらいの歳でした。マリマミキシタには両親がありませんでした。歳のはなれた姉がひとりいましたが、数ヶ月前にある日いなくなってしまっていました。マリマミキシタは、年老いた優しい祖母に愛情を込めて育てられました。祖母のユリマミキシタは、つい数週間前にこの世を去りました。

マリマミキシタは、祖母が残してくれた家にひとりで暮らすことになりました。マリマミキシタは、ことばがあまり上手ではありませんでした。それで、家の前をとおりかかる同じくらいの歳の子どもたちからひやかされ、一緒に遊ぶことがうまくできませんでした。

マリマミキシタは、ひろい田舎の家にひとりで過ごすことになり、たいそう寂しく感じるときがありました。虫や、家のみしみし言う音、水がどこかでぽたぽたいう音、空の様子、草花の様子を感じることがマリマミキシタのいちばんの楽しみでした。さびしい気持ちも、そういった楽しみで紛らわすことができました。

ふと見ると、祖母がちょうどこの間息をひきとった部屋の隅の柱の上のほうに、巣をつくりはじめている大きな蜘蛛がひとつ居ました。

マリマミキシタは、嬉しがって、この蜘蛛をたいせつに思いました。

マリマミキシタが夜ねむると、この蜘蛛が夢に現れました。夢のなかで蜘蛛はことばを話し、マリマミキシタも蜘蛛とは上手に話すことができました。ふたりは、夢のなかで話したり遊んだりして笑いました。

蜘蛛がマリマミキシタに「ことば」についてたずねました。マリマミキシタは、「ことばの全部は、おいのりです」と言いました。蜘蛛は、まいにち、マリマミキシタの夢にたずねてくるようになりました。マリマミキシタは、夜眠ることが楽しみになりました。

あるとき、蜘蛛が夢の中で、マリマミキシタにお願いをしました。

「明日のよる、八時半になったら、ろうそくを一本、窓辺に灯してほしい」

と言いました。

マリマミキシタは、こころよく引き受けました。

次の日のよる、柱の時計が八時半になったちょうどのとき、マリマミキシタは白いろうそくに火をともし、まどべに置きました。


しばらくすると窓の向こうの遠くのほうから、ひとつの金色のひかりが走ってこっちにやってきました。ひかりは大きくなり、ガラスを思い切りこちらへつきぬけて、マリマミキシタに激しくぶつかり、つつみこみました。

マリマミキシタは気をうしなって床にたおれました。


マリマミキシタは、ひかりにつつまれて、ともだちの蜘蛛に会いました。

蜘蛛は、「こちらへ来ませんか?」と言いました。

マリマミキシタは、そうすることに決めました。

マリマミキシタは小さくなって、蜘蛛がつむぐ糸をすごく近くで見ました。
蜘蛛の糸は、なないろにひかって、ほんとうにほんとうにきれい。

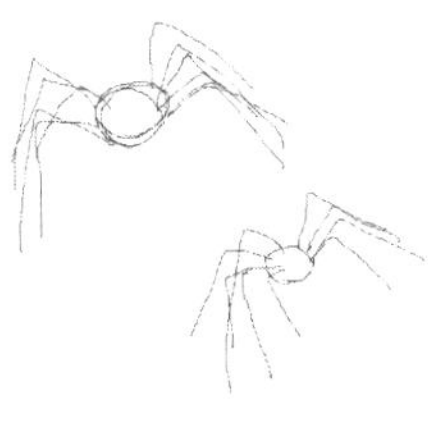

その町では、ねこはちというまだ誰も会ったことのない人物が何よりも一番恐れられていました。悪さをする子どもがいれば、大人たちは「ねこはちに言いつけますよ」と子どもを脅すのでした。ねこはちのちからは、絶対的なものがあり、どんな子どもも、その言葉をきくと、ぴたりと悪さをやめるようになりました。

子どもばかりではなく、おとなも、牢屋や議員よりもねこはちのことを恐れました。

ねこはちの姿は、大きいとも小さいとも噂されていました。ただひとつ、みなが祖父、曽祖父そのまた前の人間から聞いた話によると、くろぐろとしたやわらかな細かい毛がみっしりと手や足や顔に生えているということでした。月が明るい夜には特に、ねこはちの気は高ぶり、風も波も火も雨も生き物の命もすべてがねこはちの気まぐれで思いのままになるそうで、我々には、家の戸締りをきっちりすることくらいしか対処の仕様はありませんでした。

だんだんと月日が過ぎますと、町には、年老いた者は少なくなり、いなくなってゆきました。ある時、やんちゃなグループの中のひとりの男が酒場で酒をあおって、特に理由なく、くさくさしていました。

男は言いました。

「小さいころからねこはち、ねこはちだっていうんだろ！

あいつは、ほんとうにいるのかね、いるんだったらどこにいるのかね！

おれが今から行ってしとめてきてやるよ！

どうせいないんじゃないのかね！

いるんだとしても、ただのねこなんじゃないのかね！！」

まわりの人間は、一瞬びっくりしましたが、酒の勢いもあって、男をけしかけました。
「おお、行ってきてくれよ
　だけど　おまえ　生きて帰ってこいよ」
そう言って大きな口をあけて皆ガハハハ笑いました。

ねこはちは、まちのいちばん東側にある、小高い山の頂上の少し下のあたりのうっそうとした緑の生い茂るなかに、ちいさな家を自分でこしらえてそこに住んでいるという話でした。

男は、酔っ払ったまま夜のまちを抜けて、いったん家に帰り、草刈り鎌を二丁、両方の手に持ってよろよろと東へ向かいました。

男は、最近なかったくらいにうきうきして、どきどきして、わくわくしました。ぼやけて見えていた世界が、急に輪郭がくっきりと見えるような気持ちになりました。男はずっと幼い頃から聞かされてきたねこはちに、ものすごく会いたかったことに気がつきました。ようやく男はねこはちに会えるときが来ると思いました。夜の空気は、こんなに今まですがすがしかったことがあったでしょうか？

男は、ねこはちが住んでいるという小山をぐんぐん駆け上がって行きました。立ち入り禁止のふだをあらあらしく手足ではねのけて、ねこはち目指して早あしで進みます。

やがて、壁や屋根の上までも草ぼうぼうで埋もれた貧相なボロ家の前につきました。家の明かりは、ついていませんでした。

ボロ家のすぐ前に、こけむした墓石がぽつんとありました。男が湿気たこけを剝がして文字を見ると、小さく「猫八」と書いてありました。

「なんだ、死んでんじゃねぇか」

と、男は吐き捨てるように言いました。

そしてまたもとのように、男の目の生気はすっかり消えてゆきました。

「ケ！」

と、男は大きな声で言いました。

地面を足で蹴りつけた後、持っていた草刈り鎌で、かたむいてくずれかかったねこはちの家をぐさりぐさりと刺してまわりました。

男はそれで、こわい気持ちもしましたが、ねこはちを少しは制することができたようにも思えました。男は、空が白みがかった頃に飄々と山を下りました。

男はそれから、町でなにごともなく、平凡に十五日ほど暮らしました。

十六日目か十七日目の夜、いつものように男が自分の寝床に入ると、ゆか下からはじめて聞くような声が聞こえました。声はぶつぶつ言っていたり、うめいていたりしました。何をいっているのかは分かりませんでした。日が経つにつれ、声はだんだんと大きくなり、鼓膜がやぶれそうなほど耐え難い大きさになってゆきました。なにかが暴れているようなすさまじい物音も聞こえるようになりました。ところが男は、眠れないどころか、めっぽう仕事につかれるようになり、とてもぐっすり眠るようになりました。

男が眠りに落ちると、前にねこはちの家をぐさぐさにした草刈り鎌がふたつ、目に見えぬものに操られるように、部屋の床をのたうちまわりました。

男はあるとき、自分の顔を鏡で見ると、見知らぬ人間になっていました。

そのことに気がついた次の朝、男が寝ていた布団の中には、ひとつの巨大なセミの抜け殻のようなぱさぱさしたものが横たわっていて、男はそのようになって死にました。

男が死んでも、それ以外のものたちは、その後もずっとずっと生き続けています。

糸を編んで燃やして

白いきれいな糸がおりてきて、ぼくたちはすっかり白くなった幼虫のからだを自然とくっつけた。

天空の奥深くへ続いてゆく、幾千本もの白い糸は、僕と、ぼくと同じような体を持つ、僕の仲間たちをしっかりと吊り下げて、ゆるくあたたかな透明の風のなかを宇宙から宇宙へと運んでゆくように、大切に守った。

何回も眠り、何回も目覚め、何回も繰り返し夢を見て、気がつくと僕とぼくたちは地面の中の暗がりにいた。

優しい天女が舞い降りて、僕たちを守っていたあの強くきれいなまっしろの糸いとを金色の針で美しく編み何日も眠らずに、夕焼けと、夜の闇と、明け方の青さと、朝の悲しみと、真昼の太陽の光と昼下がりの居眠りとが、細く編み込まれ、糸いとは、美しい模様のリボンとなった。

天女は、朝の霞と一緒にてんくうへ帰りゆき、僕とぼくたちは、天女の残したリボンの上で、一生を過ごす。

だんだんと僕たちは、誕生を忘れてしまう。どのように守られ、どのようにここへ来たのか。

僕とぼくたちはやがてしにゆく。

天女の編んだいつまでも美しく光輝くリボンの上で火に燃えて僕とぼくたちは還る。


ぼくは燃えて静かなあの場所へ。

ねむりおちるつぶ

かなしいことをいつもまきまきにまきこまれて
こわだかで輪郭をはっきりとさせるのがにんげんはすき

うれしいことは空中で
かたちなくただよいみえないまま
ねむりおちる、ねむりおちるつぶ
ばらばらになって、ときどきなかまをよぶ
にんげんは、とらえることがにがてで
光輪がはげしくすがたをあらわすときだけ

むねにぽっと
やっとちいさなあかりをともすことができた

きりかぶにすわるヤコーブセン
小さくもあり、大きくもあり
灰色の空気をまとう
青いみずうみのほとりで
木のにおい　はっぱのにおい
しめりけを感じて
うでに折れた木の枝を抱く
菌類たちのかおりを抱く
ゆうがた、空中にうかぶつぶ

ヤコーブセンのくちびるからしみてゆく

太陽がしずむと、上からつぎつぎと落ちて

めぐる　たいないのひかり、粒子
優しいあちらの生命の
手のひらがほのじろくひかり
横たわるヤコーブセンをなでる
ねむりひかるつぶがたくさんあつまり
まるをつくると
ヤコーブセンは一緒に
からだじゅうのうぶ毛とまるまって
月まで届くことができるよ
からだのなかの闇は、つぶとつぶにまぎれて
作り出された輪郭はくだける
しなやかな、あちらの生命の吐き出す息に
風はつくられて

ヤコーブセンの次はきみ
からだはどんどんぐにゃぐにゃになり

とらわれびとではなくなるよ

それは、かんぜんに
かんぜんな
流動する概念。

かんぜんに
かんぜんな
流動する概念。

マミィ

マミィはねむってばかり
もうあきらめちゃったっていうのはほんとうなのかい
そんなにねむっていたらふやけてしまうよ
はさみでがいとうを切りながらあるく
これだから　よるって、かぎりがないね

あきらめや夕暮れがすこしはましになりますように

にちようび

パピィはコンピュータを指でつつく
ほんとうにたおしたい敵に指で攻撃するなんてね
パピィこうするのだよ
そんなことではだめだ
パピィ
小学校でいったい
なにをならってきたんだ

わたしたちかぞくは
草や葉っぱの家にすんで
ベランダにコンクリートを植えて
そだてています

ちからをあわせ
ちまちました敵をやっつける
えたいのしれないくうきが

やってくる
てきのいのちがおわるとき
すこしのくうきがやってくる
わたしは、あたらしいしごとをみつける
えきまえの、みどりのかんばん
おおきなぎんこう
じむいんのせいふくを着ています

金庫のとびらを足でけったら
おかしのようにやわらかくあまい
ダンボールよりも、もろいとびらに
うさぎがたのあながあいて
行き場のなかった生命体が
いそいでそこからかけだしていった
とめどなくあふれるけしき
ぎんこうの上司はおこってどなって

もじうちきで、声を再生した

ひんそうなことです
わたしはうすみどりの
せいふくを
かつおぶしみたいにひらひらにうすくじょうずにけずって
ばらばらにしながら、うちへむかってあるく

マミィが
こわれずにいた
ソファに
あたらしいねこが
うまれていた

しろい、ひかりをまとっているようだ

ひさしぶりに、わらっているみたい

まほうつかいは、すがたをかえて
追放された男は
おおかみの皮を着てた

電話のボタンをおして
なないろの回線をつたわせて
マミィの声をとどける
グランマが遠くで
ばんごはんをつくりながら
グランパをみてた

パピィはこわれた機械を
庭でもやして
小さいぼくはつをながめていた

予防接種のため、こどもたちをだいて
ははおやたちは病院へ行く
はたをとりどりもって、お医者さんは待ってる

まほうつかいのスカートは
ふかいふかいみどり
ほんとうは、なんにもそんなに
特別じゃなかったんだよ
しずかないえのなか
あたたかいお茶をあいしていたの
おおかみの皮をきせられて
むかしむかしまちをおいやられた
とぼとぼ、下をむいてあるいた
ぬすんだり、ころしたりするの
すきなひともいるし、すきじゃないひともいる

もともとそんなに
なんにもなかったの
ひとはかみさまだったり
どれいだったりする
ひとは、動物だったり
死体だったりする

食べるっていったって
ほんのすこしだけだよ

マミィ、つかれちゃったってほんとうなのかい
マミィ、好きだった本も読めないって
ほんとうなのかい
マミィ、うたうこともできないって
ほんとうなのかい！

ゆるすっていったって
ほんのすこしだけだよ

しんじてるっていったって
ただのえいえんだよ

パピィのゆびは
しなやかで
どんなことでもできそうだ

こえは
なないろの
回線をつたって
とどく

なんかい時計の針がまわっても
まわっても
なにも変わりはしない

勤勉なマリウス

足でかけまわった！
宝石のようだよ！

勤勉なマリウス
りっぱに
かたくなってきました。

男は、鼻の穴を左右にふくらまし
にごったものを吸い込んでは吐き

吸い込んでは吐き
美しいと言い張れ
美しいと言い張れ

ぼくは、頭がいいんだと
眠りながら息をした

ぼくは、成功しているんだ
と、思えば思うほどに
人間くさい息は
終わりにむかっていったの

勤勉なマリウス
りっぱに、かたくなってきました。

まるで宝石のようだよ！

つよい、くろい、
にくきゅうの手！！
まだ冬の毛がふさふさしてる

ノボロギク
ヒロハホウキギク
花粉の嵐！

勤勉なマリウス
りっぱに、かたくなってきました。

まるで、宝石のようだよ！

骨の奥の奥まで

染みわたるようだよ！！

黒い墨で書いた
計算式
ぼくたちは、進化しているんだ
気づかれないうちに

勤勉なマリウス
まるで、宝石のようだよ

貝

夜がふけてくると
かいがらの、なかから
呼ぶ
音波がきこえる
わたしのなまえ
あなたのなまえ

うみのそこでゆれながら

呼吸をくりかえしている

われわれ貝どうしの、間隔は、だいたい五十センチずつ
くらい　です

みぎ巻貝と、ひだり巻貝
どちらともいえない
中央まきがい

いつも笑顔でいる
ほんとうのうそ
をつく貝

夜がふけてくると
かいがらの、なかから
呼ぶ

音波がきこえる
わたしのなまえ
あなたのなまえ

海のそこの奥のほうから
まだそこでねむるいきものの
ねいきがきこえる

すごす家は、うみのなかです
ねむる家は、しずかな
うみのなかです

音波をたどってゆく
きれいなあぶくをたどる

ゆめとげんじつ
起きてみる世界

ほしのゆくすえの夢
ほしのゆくすえの夢

セイウチの夢の中の女

・なかまとはぐれる
・一匹は、ねつにとけはじめ
　じぶんのからだをみうしない
・巨大セイウチは、地の底の夢をみる
・娘は七色のうろこをもつ

・波しぶきひとつないよる

・巻貝は、大いびきで寝てるからすぐに見つかって
一瞬で　むしゃむしゃ食べられる

・夢うつつの巻貝は、目が覚めている巻貝よりおいしいらしい

・なんか気が狂いそうと思ったら、セイウチの中にいたみたいです

・どこまでもつづく海のにおいと
おなかいっぱいの夜

・ずっとこんなしずかで自由な夜だったらいいのに

・記憶の中の他人は、もうすでに本人を離れた

・自分で決めたことも守れないあやふやな人生です

・エイのおなかの下のぬくもり
エイのおなかの下のやさしさ
エイのおなかの下のいいにおい

安心して人生相談できる
テレビをみたり
植木に水をやったり

・あれは　たぶん　トパーズいろ

およぎながらねむり、おとなになります。

ほしのみえるばしょ

- - - -

- - - - - -

・うれた　いちじくの　しゅうふくさぎょう

・まふゆの　きたの　まちの　おおきい　くるま

・かわいた　かぜの　ふく　とおくの　くにの　まちの　かぞく

・にげて　つかれた　うさぎの　こどもの　ためいき

・ちいさい　かぜの　うず　／　やさしい　すいどうすいの　ゆくすえ

・ながされる　まだわかい　かるがも　の　あし

・あやふやで　やわらかい　わかちをいれる　ほんの　だいめい

・あんごうの　****　むしたちの　こえ　はっぱの　たべのこし

・ゆるされる　ゆるされない　ほしたちの　した

ゆれて　きえる　そんざいの　あやうさと　たしかさの　おそろしさ

その日、おかみさんは、このところ具合のわるい主人と一緒にお医者のところに居ました。街の名医のところに行くお金がさしあたりなかったため、裏道の奥の廃墟のようなアパートの一室の、安く済む医者のところへ行きました。

主人は、とにかく怒りが突然わいてきて、殴ったりけったり、人をあやめてしまいそうになる。そのため、仕事も休んで、悶々とした日々を過ごしていました。

医者の見立てはこうでした。

「ご主人の背中には、怒りの輪が渦をまいている。うす桃色のロープのようなものを想像してください。それがぐるぐると、ご主人の背中の皮一枚奥の内部でうずまいているのです。怒りを抑えきれぬ、ご主人自らも辛かろう。これからもずっとご主人は怒り続けて、苦しみながら日々を送り、生涯を短命で閉じるのは、目に見えてわかる。ご主人の生き血を吸って、その怒りの輪は、ご主人に飼われているのです」


医者の話を聞き終わり、診察室を出たおかみさんは、待合で背筋を正して座っている主人を遠くからこそりと見ました。

一見堅苦しく大人しそうな主人でございました。

主人は、おかみさんに気が付くと、「どうだった」と不愛想に聞きました。

「いや、あのね」

おかみさんは、主人の背中になんとなく目をやりました。

「あなた、背中のあたりに、なにか違和感はないのかしら」

主人は、何も答えずしばらくむっつりと、黙って歩きました。

「たしかに、ねむるとき、少しむずむずするときがあるが……。医者は何と言ったのか」

帰り道の途中の公園で、主人は立ち止まっておかみさんに真剣な目で尋ねました。

「おれは、腹が立って、今にも人をあやめてしまいそうだ！職場でも、どこでも、この公園でもだ！」

おかみさんは、主人の様子を察して慌てて言いました。

「あなた、何かを背中に飼っておいでですって」

「え？」

「あなた、背中に、何かぐるぐるしたものを住まわしておいでですのよ。手術して取って頂くしかないわ」

主人は、まさかこの感情の正体が、体内で別の生物を住まわせているせいだとは全く思いもよらず、茫然としばしその場に立ち尽くし、宙をみたのでありました。

おかみさんは、励ますように言いました。

「あなた、きっと良くなるわ。お医者様は良くしてくださるわ。その背中で渦巻くいきものを、取り除いて、空いた空間に、善意のものを何かお医者様が埋めてくださるって。緑色をしている、とてもよい生き物らしいわ」

一週間後、手術の日がやってきました。

白い服に着替えた主人は、台の上にうつぶせに寝転がりました。手袋をはめた医者は、主人に麻酔を施し、背中に切れ目を入れました。ちょうど程よく開いた切れ目から、細い刃物を背中に通し、背中にはっている根の部分をぷちぷちと切っていきました。そして、するすると少しずつ、慎重に、ももいろの細長いものをすっかり取り出しました。ももいろの生物は、既に主人の中でもう何年も生き続けていたので、そこにはぽっかりと大きな空間が出来ました。医者は、手早く銀色のケースの中から、同じくらいの太さと長さの、濃い緑色の、太いつる草のようなひも状のものを取り出しました。そして、主人の背中に、一気にその生物を流し込むようにするりと入れ込んだのです。

主人は、翌朝、目を覚ますと、まわりの風景は、大変穏やかな空気に包まれておりました。その後、数日、新しい生物が主人の背中に根付くまで、主人は、安静に過ごしました。

医者は、おかみさんを診察室に呼んで申しました。

「あなたの主人に、いわゆる植物と動物の間の生物と申しましょうか、そういったものを植え付けました。きっとご主人は、これから穏やかな人生をおくられるでしょう。ときどき、体のどこかから、枝葉が出てくるかもしれません。しかし、それらは、殆どムダ毛のようなもので、健康には、何ら問題はございません。ご心配なく、どうぞお過ごしください。人を殺めたりすることは決してないでしょう。ときどき、このような方がいらっしゃるのです。ただご本人は全く気が付いておいでないのです」

主人は、それから、すっかり心穏やかに過ごしました。ときどき、きれいな水を欲しがったり、医者の言ったように、指の先や、肩の上あたりから、ひょっこり新芽のようなきれいな枝葉が出てくることはありました。決して怒らなくなった主人は、だけれども、なんだか、物足りない気持ちもしました。「主人は、言葉を忘れてしまったのではないか、主人は、感情をひとつなくしてしまったのではないか」おかみさんは、そう密かに思っていました。

背中に生物を飼い、生き血を吸われている人々がこのまちにも、本当は、幾人かいるのかもしれません。よる、眠る時、背中がむずむずするときは、廃墟のようなアパートの一室の、お医者を訪ねてみてください。

絶滅しないもしゃもしゃ虫がむねのおくでたくさん
ふえていってるみたいなとき
電車の発車のおとがなる

ぜんぶほんとうはやり尽くされているのさ
そんなふうに思ったらすでに負け
負けているのさ

知っていてわざとそんなふうにおもう

おお
絶滅しない、むねのなかの、朝のうちの
とくべつなもしゃもしゃ虫たちの群れに
顔をつっこんで、なるべくやっつけたいとおもった

ぶあつくかたい、本の表紙を
おごそかにひらく
そこには、まあたらしいもしゃもしゃがいて

うごくことのない固定化されたものたちが
うごくわれわれをはこんでゆく
うごくことのないことわ守りうごくことのないことわさげすみ
うごくことのないことわくるしめうごくことのないことわ、
われわれを狂わせるものだろうが

われわれはそれで終わりではない

顔隠しの向こうの太いひもの名前

顔隠しのうすい布は、風にふわっとゆれて
部屋は、暗くされていました。
布の向こう側には、ひとがひとり、ちいさく座っています。

たとえば、濁音のタブー

たとえば、神様への距離

ぼくは、どんどん、忘れていくよ。
こころおどることです。

すがすがしいほどに、ぼくは、忘れていくんです。

顔隠しの布のむこうの、あの人に会いに
山道をあるいて、やっとたどりつきました。

顔は、見てはいけない。
顔は、読んではいけない。
人の名前は、こわいものだよ。
名前は、きいてはいけない。
名前を、知ってはいけない。
口にだしてはいけない。

きれいな色の、太いひもが、その人の後ろにみえた。
うすい、ももいろの
あわい色でした。

ぼくは、たくさんの禁じられたものを
手でたぐりよせるような想像をして
どきどきしています。

よるは、ひとりで、ぽっちりとしているよ。
人ってそういうものだと習いました。

よるは、ひとりで、ぽっちりと。
どんなに目をひらいても、それが自然な
さびしさです。

ああ
あのきれいな、ももいろのひもにも
口に、出してはいけない
ひみつのなまえがきっとあるのでしょうね。

ねこめどおし

月に一回か二回、急にねこめが降りてくる
ねこめは魚を食べ過ぎて最初右まえあしの裏にみえないくらいちいさい
魚の目ができて、左うしろあしの裏に食べた魚の怨念のぶんだけ顔がみえる
ようになって、それもどうしたってしかたがないって寝てばかりいた
背骨には小さい魚のとげがひっかかって、ねこめが歳をとればとるほど
からだが言うことをきかなくなってきた

月に一回のときもあるし、二回のときもある
分かるひとに話したら、「あぁ、あれ」ってすぐ通じるくらい分かってもら

えるもので
どんな天気の日かとか、月のいつごろなど予測はできない
星がきらきらきれいだな、と思ったらすぐ降りてきてしまうときもあるし
むかしの恋人を思い出したりしたらすぐに降りてきてしまうときもある
雌ねこめは、仕事がほんとうにきらいでだいきらい
雄ねこめは、かなしいことがほんとうにきらいできらいでだいきらい

雌ねこめがおりてきたら、死にたくなるし死んでもしかたがない
わたしはそのくらい生理に忠実で誠実で、生理にあふれている

雄ねこめは、まじめなことがほんとうはだいきらい
目のおくにずっとずっとしまいこんでいるものを、ひらひらと出してくる
わたしは夢をみてるまに、目の黒いところの奥のひきだしのもっと奥まで
にゃあにゃあと乱暴にさぐられる
いやでいやでたまらないので
食べることをやめてみたり、まじめでいるのを絶対にやめてみたりする

ねこめを追いやるには、ねこめをテッテテキにいじめて
いやがらせするのだ
赤信号のようにふたつの小さいポチっとしたあかりが、むこうで瞬いて
どんどんちいさくなって遠くへいったら
ねこめがもう一息で弱るということだ
そこで手をぬかずにもっともっと、嫌なことをしたり、いじめたりする
同時にそれは
ねこめがとりついたわたしのからだをいじめてしまうということになるので
わたしはそれがくやしい

どうしてねこめという苦しみを
じぶんのからだを通して味わわないといけないのか
と、ときどき「分かる」って言ってくれるともだちに会うとはなしあう

満月のよるが一番こわい
満月のよるは気をつけたほうがいい、新月のよるもあばれるらしい

新月のよるも、よほど用心すべきだ

いちばんいい食べ物をたべて、憑かれないようにしよう
すきとおった湖や、すきとおった上流のみずたまりのところに
爪でひっかいた跡がないか、漬けておくところはないか
息ふきかけておくところはないか
あわよくば、もしタイミングがあったら、封じ込めるところなどないか
みておこう、バスの時間もみておこう
そうやってわたしは、あとすこしの生きてる時間をふわふわっとともだちと
さまよって、ぜんぶ冗談だったよっておわってもいいように
用意していたい、用意をしています。

小鳥のよる

ちいさい音　水のはねる音　ひとの気配は、こちらに入らず
からだは自然なちからでささえられる
問いかけられることはなく
考えていることもすぐに遠くへいってしまう
わたしたぶん、どんどん頭がわるくなる

小鳥の夜　やさしいあのひと、ねむたい巣のなかで
ふっくらしてねむる夜

しろくぐもった、かすれたむこうの景色
わたしどんどん、たぶん忘れてしまう、ぬくもりも
たのしかったことも

なにもさまたげることがない　矛盾のないお昼
わたしの空洞にずっと心地よく　そこにいるの

しずかであること　おだやかであること
いっぱいまちがえたりいっぱいだめだったりしても
そのようにあること

くるしみやいたみがない、目を閉じているようような
まるくうでにかかえられているようなきせつ

青い星に眠る
虚無に還ろうとするわたし

あたまのなかの空白に住む子どもをかくまって
やさしいかぜにふかれてとおくへ行ってしまう
まるくうでにかかえているような星のなりたち
からだ
とおくまではしって、燃えて別れて消えてしまうよ

いつも手をはなさないでいてね。

ホウキタケヨリ

ケムル　ガイトウ　ノ　シタ
スキマ　ヲ　テ　ヲ　ツナイデ
トオリヌケル　ワレラ

クロハノコトコトムシ　ワラシノハンテン
サク　クサ　ノ　ハナ　ノ　カタワラ
ニ　ニオウ　アオイ　アメノ　ナマエ
クウキ　カナシミ　ノ　ユク　ホウイ

カイチュウデントウ　ノ　オ（尾）
マチ　ツヅク　ミチナリ
マツムシクリノオ　カンムリマツムシクリノオ
ヒエワタリ　コゴエル　ソラ

サク　ヨル　コノ　コッカク　ニ　ソイ
イツシカ　ハシリダス
ドコヘ　ユクトモ　シラナイホウガ
ヨキデアロウ　ト　アノカタ
タダ　シタガイ　オソレ
フリハジメタ　ミゾレ　ノ　ヤウナ
トウメイ　ヲ　アビル　ハシル

ユリサナゴコロ　シロイバラ
コロフサドクハンテン
カナイクルイヨルマドイ

トウメイヲアビルハシル

タケヨリ、ホウキタケヨリ
アケガタネムリボウシノシュシ
バタスカシウリナンテン

ハテマデハシリヌケル　ヨル
クルイハテ　ネムリ
ユメニアイ　モガキ
クサリ　デ　ツナガレタ

ヤマユリ　チイサクアカイ
ネムリツカレタ　ショウジョ
ダキシメル
ナクシタナマエ　ユクアテナド
ケシテ　アタエラレナイノダ

三人目の子、三つ目のとびら
耳打ちするよ
小さいこえで
だからぼくは黙っていた
見えないように

気付かれないように
忘れていたよ、あのこは
寝ておきてすぐの
髪の毛もふわふわ
めをこすり
おはようのいちばん始めのこえ

三人目の子、三つ目のとびら

耳打ちするよ
小さいこえで

だからぼくは黙っていた

曲がりかどの
ボスネコが命令をくだす

前髪は、まっすぐさ
前髪は、まっすぐさ

行き先は、ボスネコの言うとおりに

小川におちた、梨の実をひろう
うまい具合に
ぼくは、すすむ
思い出すことってあるだろうか

ふわふわのあのこの髪の毛までもうすぐ

ぼくは三番目のこども
くつを拾ってまたあるく
道はとたんに開けるよ

地下カルテ置き場見習い

地下カルテ置き場に見習い実習生として入り
新しいカルテを規則どおりに順番に差し込んだり
途中の人のカルテを取り出しに行ったりした
全員おなじ服を着て、ほとんどおなじ時間に動作する
その中でちいさいグループにわかれて
グループごとに毎日ほとんどおなじ話をした

ぬるぬるした皮膚をしたみどりいろの
こどもくらいの大きさのいきものが

地下のカルテ置き場の奥にいる
まいにち、ずっと暇そうに、ぬるぬる、ぬるぬるしているのが見える
ぺっぺぺっぺ、床にこゆいどろどろした、どぶくさいツバをはいていた
「ぼく、ずっとずっとここにおるんよ、すごい暇なんよ」といった
ぬるぬるの子どもは、乳歯が二本なかなか抜けなくて
ぶらんぶらんさせて、舌の先でぺろぺろやりながら天井をみていた

わたしは、事務服を着替えるため
夕方のおわりに、同じ服のひとたちの後ろについて
地下の廊下をぐるぐる迷路みたいにまわって
ドアの前にたどりつき
暗証番号を入力し、巨大なロッカー室へはいり
話し声のすきまでからだを小さくして服を着替える

暗証番号を守っていますと誇らしくいう

あのひとは
尋ねたら暗証番号をすぐ教えてくれる

ぬるぬるした皮膚の　みどりいろの生き物は
わたしを見ても、すぐに忘れる
ちらりとこちらを見て、一瞬ですぐに忘れる

夕焼けの外のひんやりした風の中で
暗くなる道をあるく
夜になって電気が消えたカルテの部屋の奥で
あの生き物はとろんとして
今夜も、寝たり、起きたりしているだろう

黄子は、二人姉妹の妹でした。小学四年生の黄子と、高校生の姉の二人姉妹でした。

父親は、黄子がまだ幼い頃、気が付くと居なくなっていました。ときどき大きな声を出したり、何かと厄介者な父親であったことは、黄子の記憶にもうっすらと残っていました。家の中でも、家の外でも、父親の話をすることは、禁じられていました。黄子が父親と出会うのは、いつも夢の中や、お昼間のぼんやりした空白の時間の頭の中でだけでした。夢の中か、本当か、黄子には父親とのあたたかい思い出がひとつありました。

ある曇りの日に、父親の自転車に乗せてもらって、黄子は海に行きました。

それは珍しい、二人きりの外出でした。父親は、自転車をこぎながら、ときどきにこにこして黄子の顔をみました。古い家々の合間からだんだんと海辺の風景が開けてゆきました。

父親は、海辺に自転車をとめて降りると、黄子をだっこして自転車から降ろしました。曇りの日でしたが、海は波にゆれて、こまかくきらきらと光りました。

黄子は、ちゃぷちゃぷ、足を海の水につけてはしゃいだり、父親とじゃれあったり、砂浜で貝を拾ったりしました。

今でも、黄子は、そのとき頬に受けた風の感じをはっきりと思い出すことができます。

そして今も、黄子はときどき手のひらの上に、そのとき拾った大きな巻貝の殻をのせて、こっそりと自分の部屋で眺めてみるのです。

風のうわさでは、父親は、罪を犯して牢屋に行ったなどと聞こえてきました。黄子は、しかし、その巻貝を宝物として大切に机の引き出しにしまっていました。巻貝の内側は、虹色にきらきらと光り、曇りの日や雨の日も、黄子を励ますようでした。

夏のある日、学校で転校生が紹介されました。転校生は、お金持ち風のきれいな白いシャツと、黒い半ズボンを穿いて礼儀正しいお坊ちゃんという風でした。

そのお昼の休み時間に、転校生を囲んで、クラスのお友達とみんなで、こんどのお休みの日に、海に行こうという話になりました。

「海には今、すごく大きな、お船が来ているらしいよ」

「とかいのビルディングくらい、大きいお船だよ」

「黒くて、ぴかぴかしていて、大砲がのっているんだよ。見に行こう、見に行こう」

と、子どもたちはみなはしゃいでいました。

黄子は、少しこわいような気がしましたが、みんなに合わせて笑っていました。

黄子は、家に帰り、自分の部屋の机の引き出しから、巻貝を出して手のひらの上にのせました。そして今日学校であった話を、いつものように話しました。

夜、晩御飯を食べてお風呂に入り、お布団の中で眠ると、黄子の夢に巻貝が出てきました。夢の中で、巻貝は苦しそうに息をして、次第に真っ赤な血をどくどくと流し始めました。巻貝は、黒い霧に包まれ、その霧の向こうで、荷物を乗せた荷車をひっぱる、汗にまみれた労働者の男が見えました。「お父さん！」と黄子は、叫びました。

そこで、黄子は、ぱちりと目を覚ましました。

週末、黄子は、クラスのみんなと海にでかけました。転校生は、恥ずかしそうにうつむきながら、誰かが何か質問すると、ひとこと、ふたこと答えました。海には、うわさ通り、巨大な黒い船が停泊していました。楽しみにしていた子どもたちも、実際に目の当たりにすると、足がすくみ、あまり近くへ寄ることができませんでした。

恐ろしくなって、誰かが背後で「帰ろう」と小さい声でつぶやいたとき、船の煙突から、ぷしゅーっと黒い霧が吐き出されました。それは、とても大量の霧でした。子どもたちは、みんなこほこほとむせ返り、急いで走って船から離れました。

そのとき、転校生が、足をもつらせて砂浜でころびました。

「黄子ちゃん!」

転校生が、黄子の名前を呼びました。

「ああ!」と黄子は叫び、振り返りました。まるで父親に呼び止められたような、そんな気持ちになりました。黄子は、急いで転校生の方へ駆け寄りました。

ふと見ると、転校生の転んだ足元に、体の半分くらいもある、大きな巻貝がいました。みるみる、転校生の体は、足先の方から巻貝の中へくるくると吸い込まれていきました。巻貝から、真っ赤な血がどくどくと流れ出ました。

クラスのみんなは、いつのまにか、誰もいなくなっていて、転校生を吸い込んだ巻貝と黄子だけが、海辺にぽつんといました。波の音だけが聞こえる静かな砂浜で、黄子は、ぽつんとつぶやきました。

「黒い霧を吸い込んでしまったのね」

そして、自分の体の半分ほどもある大きな巻貝を両手で抱きしめやさしく撫でました。黄子がみた夢と同じように、巻貝は、血のような赤いしずくを一粒だけ、たらりとたらしました。

月曜日、いつも通り、黄子は学校へ行きました。転校生は、いませんでした。転校生の机も椅子も、ありませんでした。クラスのお友達にたずねると、「転校生なんて、いないよ」と答えました。

黄子は、おかしな子だ。

現実に起こっていることと、そうでないことの区別がつかないのだよ。

家でも、学校でも、黄子はときどき、そのように言われるのです。

黄子には、ほんとうに父親があったのでしょうか。

巻貝は、ほんとうに、父親と拾ったものでしょうか。でも、黄子にとって、ぜんぶが変わらず、すべて、とても大切な真実なのです。

公園で。


彼女は駆け足で向こうからやってきた。

数年前の曇りの日。公園で待ち合わせをした。

「あなた公園で、公園で待ち合わせって言ったから」

彼女のことばは、いつもどこか言葉と言葉がかぶさっている。

彼女は、しゃべり続けた。


「いつもと同じ公園か違う公園か迷ったり疑ったりもして。

でもにおいで分かったのです。あなたが公園って言ったときの。

葉っぱがようようと熟れてくもりの日の風にふかれているわ。

だけど私をここに呼ばれたのは、何か治そうとして治療の一環でしょうか。

あなたは私をうたぐって、わたしもあなたをうたぐるわ。

でもそれが星のめぐりというものでしょうか。

あなたのシャツ、今日は白い、白いのですね。生まれたての幼虫だわ」

「治療というのではないのですが、治療というのは、どうしてそのようにおっしゃったのでしょうか」

私は彼女に問うた。

「あなたは私の主治医ではありませんか、私は忘れてしまったのかしら、あなたが忘れてしまったのかしら。私は、あなたの患者であり、あなたは私の主治医ではありませんでしたか。

だって白い服を着ているもの、虫の幼虫のように」

私と彼女に共通していることは、二人ともが健忘であるということだ。

二人とも脳に疾患があり、二人とも、覚えていることが著しく苦手か、不可能に近い。

今日、こうして公園で会えたことは、奇跡かもしれないが、もしかしたら、今日初めて私たちは偶然に出会ったのかもしれない。ただ公園ですれ違った瞬間に、お互いの「待ち合わせしている」という妄想が合致したのかもしれない。何にしても、二人とも本当のことは分からない。

私は彼女は知り合いだと思っている。彼女は私を知り合いだと思っている。しかし、それが本当のことかどうかはお互い分からない。


「あなたと公園で待ち合わせができて嬉しかった」

と私は言った。

彼女は頬をにわかに赤らめてうつむいた。
「わたしもう、ほとんど医者としか話をしていないの、だから医者と病気の話ばかりをするの。
白い百合ね、もう本当に白い百合だわ、
このあなたのカッターシャツの腕の部分。ありがとう。ゆるしてね」

「先生、わたし治りますか、あたま」

立ち止まって彼女は私の目を見て言った。さっき医者ではないと告げたところだが私はとっさに
「さぁ」と彼女の目を見ながら言った。
「さぁ、分かりません。あたまがどうかなさっているのですか」

彼女は、立ち止まったままきょとんとした顔をして
「さぁ」と言った。
「さぁ、分かりません。あたまがどうかなさっているのですか」
彼女はオウム返しに私に同じ言葉を言った。

「回転しているのです」
とまっすぐ前を見て唐突に言い放った。
「回転しているのですよ、私たちの足元は。

いまも。いつも。回転しているのですよ。足元で。

星と星にはさまれてわたしは死んでしまうかもしれません。

だけどそれで仕方がないんです。

病院の白い壁と白い壁にはさまれて死んでしまうかもしれません。

だけどそれで仕方がないんです」


「そうですね」

私は言った。

死んでしまうかもしれませんね、私たちは。

ふとした瞬間に出会って、ふとした瞬間に、穴におちるように。

「恐ろしいことですね」

彼女の着ている薄いやわらかそうなワンピースがふわっと風になびいた。

木の実が、ぽつんと木からひとつ落ちた。

「だけど優しいことです、優しいことだわ、戻ってゆくんですもの。

それまでの時間、待つ時間、まわる時間、
　恐れる時間が体を溶かしてゆくの」

今日は会えて良かったありがとう。

彼女のお迎えの黒い車が、公園の入り口に停車していた。彼女は、車に走って行って、途中振り返って笑顔で手を振った。私も、笑顔で手を振り返した。車に乗り込み、まっすぐ前を向いて遠くへ行く彼女を私は見送った。

きっと優しい思い出を思い出すだろう。
恐怖をいつのまにか忘れることができたときに。回転から解放されたときに。

触れ合って離れる
ももいろの蒸気の粒たち
脳内のシナプスに抱かれて

われわれは、すべての能力を失い
われわれは、すべての記憶を失い
われわれは、生命のからを破り
捨てざるを得ない

眠る少女の体の中へ
眠る少女の夢の中へ
侵入してゆく

われわれは、知識を失い
われわれは、意識を失い
われわれは、光の線になって
われわれは、時間の概念を手放すのです。

赤い雲

あらぶる　雲のかけら
ふあふあのしろい夏の
すこしの間だけ溶けてしたたりはじめるまでに

ぎりぎりの場所まで行くの
意識をどんどん深く深く
漆黒の美しい闇の奥まで堕としてゆくの
あしあとは、七色が水に溶けて混ざる
眠りから醒めてゆく道すじに

現実のひかり、眩しくて目を閉じる
影は揺らめいて仲間を探す
呼ぶ声は、声と声とで反響しあい
知らないうちに出会っている

未来を超えて
過去を超えて
ゆくの
私たちの今は、きっと超えてゆくでしょう
言葉も、声も、時間も、夢も。
私たちの今は、超えてゆくでしょう
言葉も、声も、時間も、夢も。

昨日の夢、今日の夢

優しい魚の背をなでて　眠りにおちる　青い服を着て
寝返りはいつも　生まれた場所への角度を避けて
黒い蟻が空腹を抱え
赤い実は　雨に濡れて　海の中の夢を見る
優しいあなたの背を撫でて　眠りにおちる
浴槽のふちは、まるくまるくかたどられた
できるだけ優しく、育ててください
できるだけ優しく、産み落としてください
触角の影が落ちる　ひかりのさす水の底

つきあかりに照らされた家々の隙間
まだ、道具で測れない、世界の終わりの地点から繋がる
地中で目を閉じ、モノクロの夢を見る
アリジゴクの真夜中の交信
できるだけ優しく、育ててください
できるだけ優しく、産み落とさせてください
人間が人間であることがどのようにして許されるのか
宇宙のふちは、まるくまるくかたどられた
足の指の形は、ちいさく美しく形成される
浴槽の中、寝返りをうつ　思い出のない方向を　つま先で探して

てんくう

らせんをえがいてきみのなかへはいってゆく　てんごくからはなたれたいき
は　はてしのないきみのいのちのえいえんのおくまで　てんのひかりをま
とって　うごめくものたちのすきまをぬけて　わらってる　きみがないたり
くるしいときも　まるくなりころがる　きみのからだのなかで　やさしいく
うきをまといながら　ふじゆうさにとまどいげんじつにみるひかりは　もう
まくをとおして　のうないをながれる
やさしくじめんをぬらしてゆく　あめのしずくたち　すこしずつだよ
らせんをえがいてきみのえいえんのなかをめぐり　まるくなりころがる

やさしいくうきをまといながら　わらってる　きみはぬけだして
ぬけだしたとき　からだをけしてしろいくうはくになっても
らせんはからだのなかで　まわりつづける

どこまでいっても　ぼくたちはみどりいろのこけむしたしめった
うまれたままのばしょにいて
どこまでいっても　ぼくたちはみどりいろのこけむしたしめった
うまれたままのばしょにいて
どうしようもないむなしいきもちや　どうしようもないあのこのこと
どうしようもないことぜんぶ　なんにもないみたいに
ぼくたちはただおなじばしょにたちどまったままだよ
なみだがながれるのはうまれたときからなんにもかわらない
まもられるばしょをさがして　ぼくたちは　どんなにこわれても
からだのなか　まえをむいてわらっている
やさしくじめんをぬらしてゆく　すこしずつだよ　どうしようもないことぜ
んぶ　なんにもないみたいに　ぼくたちはただおなじばしょに

うまれたときからたちどまったままだよ
かえるばしょをさがして　ゆくばしょをさがして
さまよいながら　まよいながら

ちいさくておおきいきみのそんざい
ちいさくておおきい　きみのいき、こえ
てのひらにおちる　てんくうからのあおいひかりのつぶ
ゆめにみるまぼろし
そらにひびく　ぜんせからのなきごえは　いまもここでひびいている

mimi

mimi
フラミンゴ色の
やわらかい風をうけとめて
mimi
ちいさくおりたたんで
むねのポケットに入れて
mimi

ほそいみちをとおって
らせんのかたちの
いきものを飼ってる
ちらちら、ひかりにすかして
ぎんいろにひかる
なんにもできないときも
オブジェのようにながめたり
うずまきのはなしをきいたりできるよ

mimi
そとからなかへはいって
なかからうちへはいって
おくの暗がりへ
はいっていったあとは
誰も見ることはできない

mimi
さかさまにぶらさがった
ぼくのこえ
こえは、かすれて

mimi
ほんのちいさい
ノートの端のメモみたいな
かすかなものものがさず
あたたかいひとのはだの
ぬくもりをもっている

mimi
フラミンゴ色の
やわらかい風をうけとめて

mimi

ふるえる鼓動の合図
こごえるいきの合図
ぼくのこと知ってる
よるに風に吹かれる
草のなまえも

金泥姉妹

ゆっくりとゆらめく長い腕は
宙をひろくひろくかかえて
曲線をえがく細い髪の束の波間に妹は顔をうずめ
姉妹は、言葉を失い。姉妹は、声を失い。雷雨。屋根を打つ雨。
雷光に光る姉妹の産毛は、金色に光って
波打ち際の蛍光生物

かあさま、どうしてわたくしたちは

このように目も見えぬ声も出ぬおんなになったのでしょう
かあさま、どうしてわたくしたちは
肌でしか感じられない生物であるのでしょう
かあさま、どうしてわたくしたちは
何も頭で感じられない生物であるのでしょう
かあさま、どうしてわたくしたちをお産みになり
遠くへ行かれたのでしょう
かあさま、どうしてわたくしたちを置いて
どこかへ行かれたのでしょう

ゆっくりとゆらめく長い腕は
宙をひろくひろくかかえる

姉は妹をかかえる　妹は姉に抱かれて生きてる
眠りの手はしろく、姉妹のほほをやさしくなで
ひかりながら　水辺の夢をみている

光の種族

ぼんやり　みどりいろ
ツキヨタケ　月のない夜
黒い、あの人の背中は揺れて
奥へ歩く　枯れ葉を踏んで
ぬかるみ、切り傷
シイノトモシビダケ　ほそく　うえまで
今日は、あらゆる魔術やごまかしにだまされてしまおう
脱皮する皮膚　／　発光する菌糸
お皿に盛られた　発光するサラダ

あの人の目はだんだんとネコの目
タペタムが網膜の後ろで
あの人は光って
闇夜のなかでわたしを見つける
新しく生まれ変わるとき、とてもくるしい
せまくて
回転する宇宙　／　あの人の手がドアノブにさわって
みどりいろの光る粒子が　ひろがってゆく
わたしはあのひとの口も首も見えずに
出されたサラダを口に運ぶ
アリノトモシビダケ
「こうやってわれわれは生きてきたよ」と
彼は、少しだけ笑う
声は、闇の奥から響いて
みちびかれてゆく　／　おなじ、種族になる
炭酸の　みどりいろに光る飲み物を

くちびるに運んで
くちびるの形がくっきり、闇のなかで光る　／　木の枝のように
光りはじめる、わたしのくちびる、のど、むね、ゆびさき

ひかりを　／　わたしはなめて　／　新しい、種族になる
ひかりを　／　つきのないよるに　／　あつめては放って
新しい、種族になる

ねこがねこじゃない遊びをしている

公民館のうえのちいさい図書室
黄色い色えんぴつで
ノートの文字を訂正していく
窓の向こうに見える　山の上では
ねこがねこじゃない遊びをしてる
建物を出て　山行きのバスに乗る
これから行っても　帰りのバスはないよ
よるになって山にゆく

ほっかむりして
草の上にねころんで
ノートをひらいてる
黄色の色鉛筆、懐中電灯で照らして
寄ってくる虫たちにまどいながら

黄色い色は、夜の山の中では見えないな

たくさん　虫が　飛んでは止まって
くるくるまわって
ノートの上にも落ちてきて
月の光と同じだな

近くのお風呂はもう閉まって
まっくらやみで　わたしは仰向けになる

この山で
こんや　ひとばん眠ります

ねこが向こうで
ねこじゃないあそびをしてる
黄色い布切れひるがえして
ひみつのおどりをおどってる
ほっかむりして
ねむたさに　めをとじて
ゆめのなかでも　おどってる

あとがき

この詩集は、二〇一四年頃から二〇二〇年頃に書いた作品の中から選んで一冊にまとめたものです。

すべて空想の中で作ったお話と詩です。

この度詩集をまとめるにあたりお世話になりました皆様へ、心より感謝致します。

そして、この本を手に取ってくださった皆様へ、本当にありがとうございます。

二〇二三年七月

佐々本果歩

著者紹介

佐々本果歩（ささもとかほ）

兵庫県出身、京都府在住。
著作に『よるのいえのマシーカ』（ふらんす堂）

発　行　二〇二三年一一月四日初版発行
著　者　佐々本果歩 © Kabo Sasamoto
発行人　山岡喜美子
発行所　ふらんす堂
〒182-0002　東京都調布市仙川町一―一五―三八―二F
TEL（〇三）三三二六―九〇六一　FAX（〇三）三三二六―六九一九

詩集　ねむりおちるつぶ

ホームページ　http://furansudo.com/　E-mail info@furansudo.com
装　丁　和　兎
印　刷　日本ハイコム株式会社
製　本　日本ハイコム株式会社
定　価＝本体二二〇〇円＋税
ISBN978-4-7814-1599-4 C0092 ¥2200E

9784781415994

1920092022003

ISBN
C009
定価

客注

書店CD：187280　25

コメント：92

受注日付：241206

受注No：123585

ISBN：9784781415994

1／1

61

ココからはがして下さい